PIERRE PROBST

et sa maison

« Ça y est ! J'ai trouvé la maison de campagne de nos rêves !
annonce Caroline en repliant le journal. Dès aujourd'hui je l'achète !
Vite, mes amis, préparez vos pinceaux, vos outils.
Nous la réparerons, la rafistolerons et nous y passerons tout l'été ! »

PIERRE PROBST
Caroline
et sa maison

hachette
JEUNESSE

Les nouveaux propriétaires pénètrent dans leur demeure… mais en ressortent aussitôt.

« Sauve qui peut ! » hurlent-ils en chœur.

Ils perdent la tête, ils détalent comme des lapins, des chats et des chiens. Tous sont terrorisés par des petits loirs qui, sans permission, s'étaient installés dans la maison inhabitée. Que font alors ces derniers ? Affolés, ils déguerpissent sans demander leur reste !

« Bon débarras ! s'exclame Caroline, soulagée. Ne perdons plus de temps et remettons la maison en état ! »

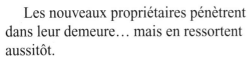

Il faut, pour éviter de gros dégâts, réparer avant la mauvaise saison. Car si le toit est en mauvais état, à coup sûr, il pleuvra dans la maison.

Les ouvriers travaillent de leur mieux, mais sont encore un peu maladroits. N'est pas couvreur qui veut… Prenez garde à vos doigts, clouez tant que vous voudrez, mais ne faites pas n'importe quoi ! Quand la toiture sera achevée, criez tous : hip hip hip hourra !

« Faisons une flambée pour nous réchauffer »,
propose Caroline.

Elle craque une allumette, une autre encore,
toute la boîte y passe. Mais le papier est trop
humide, les brindilles trop fraîches : les bûches
refusent de s'enflammer.

Pas de bon feu ronflant dans la maison,
mais que de fumée ! On tousse, on se frotte
les yeux, on se bouche le nez. Ne faudrait-il
pas appeler les pompiers ?

Non ! Il vaut mieux…

… ramoner la cheminée ! Caroline monte sur le toit et glisse un hérisson dans le conduit.

« Ohé, en bas ! Est-il descendu ?

– Ohé, en haut ! Oui, je l'ai reçu. Remonte-le maintenant ! »

De haut en bas, de bas en haut, la suie s'en va. Et les ramoneurs sont très contents. Mais pour un chat blanc, voilà un métier bien salissant !

Pour préparer le plâtre, il faut le verser dans de l'eau, bien le gâcher avec sa truelle, attendre la « prise » et l'utiliser sans tarder. Car le plâtre durcit très, très vite.

Être bon plâtrier n'est pas chose aisée. Noiraud se dépêche, travaille de son mieux. Mais que lui arrive-t-il ? Il blanchit à vue d'œil !

Noiraud le plâtrier sort de la maison et tombe
nez à nez avec Pouf le ramoneur. Tous deux font
des yeux ronds ! Qui est qui ? Nul ne pourrait le dire,
mais tous éclatent de rire.

« Qu'on remplisse l'arrosoir ! dit Caroline.
Après une bonne douche, nous saurons qui est
le chat blanc et qui est le chat noir ! »

Rien ne va plus ! Un tapissier a les pattes encollées, un autre a oublié d'arracher de vieux clous. Le papier va se déchirer ! Et le peintre se met à hurler : assurément, il va se casser le bout du nez…

Comment faire passer la table par la porte trop étroite ?

« Si on la sciait ? propose Pipo.

– Tu n'y penses pas ! dit Caroline. Montrons-nous astucieux, ce sera bien mieux ! »

Noiraud a d'autres problèmes. Il coupe le verre avec un diamant, mais se coupe aussi les doigts. Cling ! Clang ! Une vitre vole en éclats : Pouf n'est pas plus adroit !

Restera-t-il assez de verre pour remplacer les carreaux cassés ? On peut se le demander…

« Voilà la maison transformée en piscine ! gémit Caroline. Qu'attendez-vous, plombiers de malheur, pour refermer le robinet ? »

Pas de réponse. Les ouvriers tentent de stopper le déluge : en vain ! Heureusement, Noiraud s'équipe pour la plongée. Dans deux minutes, l'averse aura cessé.

Han ! Han ! Les masses frappent les piquets en cadence. Petit pinson, va te percher ailleurs par prudence, et reviens quand la clôture sera achevée ! Clac ! Clac ! Les sécateurs taillent les haies… et les chapeaux !

Youpi, lui, joue à l'épouvantail, car autrement, dit-il, ces gourmands d'étourneaux ne nous laisseraient pas une seule cerise !

« Qui a osé faire ces montagnes sur ma belle pelouse ? s'écrie Caroline, indignée.

— Ce sont les taupes ! gronde Pouf. Elles se moquent bien de notre gazon…

— À table, les jardiniers ! annonce Kid. Le goûter est prêt. »

Pitou lève le nez en l'air et découvre de gros nuages gris à l'horizon.

« Nous ferions bien de nous mettre à l'abri, déclare-t-il. Voici l'orage et la pluie. »

Et vite, tout le monde rentre dans la maison si jolie.

La nuit est tombée, chacun est allé se coucher.

« Quel est ce drôle de bruit ? s'inquiète soudain Pouf. Les loirs seraient-ils revenus ? »

Noiraud n'est pas plus rassuré. Youpi rêve à une invasion de taupes, et Bobi à une belle casquette neuve, tandis que Boum contemple sans se lasser la campagne et la lune…

Demain, le soleil brillera. Caroline et ses petits amis passeront encore une merveilleuse journée dans leur belle maison au milieu des champs. Demain, après-demain, et puis tout l'été.

À chacun son outil

Cette grande image est pleine de trous !
Peux-tu replacer les 8 petites images au bon endroit ?

A

B

C

D

E

F

G

H

I

J

Dans la même collection :

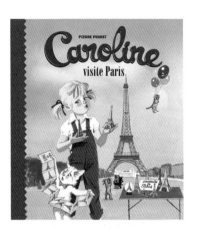

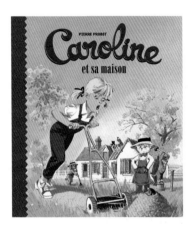

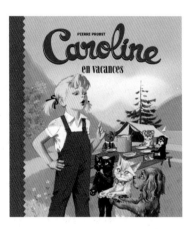

Retrouve aussi Caroline dans ses albums cartonnés :